石頭不見了

國家圖書館出版品預行編目資料

石頭不見了 / 李民安文;翱子圖. －－二版二刷. －
－臺北市: 三民，2013
面；　公分. －－(兒童文學叢書.童話小天地)

ISBN 978－957－14－3184－0　(精裝)

859.6

© 　石頭不見了

著 作 人	李民安
繪 圖 者	翱子
發 行 人	劉振強
著作財產權人	三民書局股份有限公司
發 行 所	三民書局股份有限公司
	地址　臺北市復興北路386號
	電話　(02)25006600
	郵撥帳號　0009998－5
門 市 部	(復北店) 臺北市復興北路386號
	(重南店) 臺北市重慶南路一段61號
出版日期	初版一刷　2000年4月
	二版一刷　2009年1月
	二版二刷　2013年10月
編 號	S 855031

行政院新聞局登記證局版臺業字第○二○○號

有著作權・不准侵害

ISBN　978－957－14－3184－0　(精裝)

http://www.sanmin.com.tw　三民網路書店
※本書如有缺頁、破損或裝訂錯誤，請寄回本公司更換。

海闊天空任遨遊
(主編的話)

　　小時候，功課做累了，常常會有一種疑問：「為什麼課本不能像故事書那麼有趣？」

　　長大後終於明白，人在沒有壓力的狀況下，學習的能力最強，也就是說在輕鬆的心情下，學習是一件最愉快的事。難怪小孩子都喜歡讀童話，因為童話有趣又吸引人，在沒有考試也不受拘束的心境下，一書在握，天南地北遨遊四處，尤其在如海綿般吸收能力旺盛的少年時代，看過的書，往往過目不忘，所以小時候讀過的童話故事，雖歷經歲月流轉，仍然深留在記憶中，正是最好的證明。

　　童話是人類智慧的累積，童話故事中，不論以人或以動物為主人翁，大都反映出現實生活，也傳遞了人類內心深處的心理活動。從閱讀中，孩子們因此瞭解到自己與周遭環境的關係。一本好的童話書，不僅有趣同時具有啟發作用，也在童稚的心靈中產生了意想不到的影響。

　　這些年來，常常回國，也觀察國內童書的書市，發現翻譯自國外的童書偏多，如果我們能有專為孩子們所寫的童話，從我們自己的文化與生活中出發，相信意義必定更大，也更能吸引孩子們閱讀的興趣。

這套「童話小天地」與市面上的童書最大的不同是，作者全是知名作家，不僅愛好兒童文學，也關心下一代的教育，我們都有一個共同的理想，為孩子們寫書，讓孩子們在愉快中學習。

　　想知道丁伶郎怎麼懂鳥語，又怎麼教人類唱歌嗎？智慧市的市民有多麼糊塗呢？小老虎與小花鹿怎麼變成了好朋友？奇奇的磁鐵鞋掉了怎麼辦？屋頂上的祕密花園種的是什麼？石頭又為什麼不見了？九重葛怎麼會笑？紫貝殼有什麼奇特？……啊，太多有趣的故事了，每一個故事又那麼曲折多變，讓我讀著不僅欲罷不能，還一一進入作者所營造的想像世界，享受著自由飛翔之樂。

　　感謝三民書局以及與我有共同理想的作家朋友們，我們把心中最美好的創意在此呈現給可愛的讀者。我們也藉此走回童年，把我們對文學的愛、對孩子的關心，全部一股腦兒投入童書。

　　祝福大家隨著童話的翅膀，遨遊在想像的王國，迎接新的紀元。

寫給所有「頑石」的爸媽

　　別人都說「癩痢頭的孩子，還是自己的好」，但是我對自己的兩個女兒，卻不時有「鄰家草地綠，隔岸風景好」的情結，總覺得別人家的孩子聽話、乖巧，而她們卻三不五時的令我抓狂。

　　有一天，當我又在「教訓」老大時，看見她一臉可憐兮兮備受「欺壓」的表情，坐在角落的身形，看起來似乎比平常「張牙舞爪」時小了一號，就在那個當兒，我心中忽然有了一種錯覺，覺得她可能是被我罵得縮小的。於是不禁想到：假如一個小孩，被大人指責的時候身體就縮小一點，那麼如果大人一直罵他，到最後不是就會不見了嗎？

　　其實，我們每個人都有被罵的經驗，不妨回憶一下那種感受。在那一刻，我們的自尊與自信確實因打擊而萎縮。從另一個角度來看，做父母的在數落孩子的諸多「不是」時，相對的，就很難看見他「是」的那一面；換言之，眼中看到的「不是」愈多，到最後，「是」當然就不見囉。

　　若說「責罰」會打擊孩子的自尊與自信，那麼「讚賞」恰是能撫平創傷挫敗的恢復劑。在嚴苛責罵下成長的孩子，多半懦弱而退縮，但是在盲目讚賞下養成的下一代，也難免自大而驕狂。

　　如何拿捏「賞」與「罰」？如何看待孩子的「是」與

「不是」，無非是每一個為人父母最重要的一門功課，和最大的一種挑戰。

　　管教子女是全世界最主觀的事情之一，因為在「知女（子）莫若母（父）」的長期「洗腦」下，我們都理所當然自認是最瞭解子女的人，但矛盾的是，我們當中不知有多少人認為很被父母瞭解，且心悅誠服的同意他們的管教方式是正確而恰當的？

　　所以，我並不打算長篇大論的來陳述我認為允當的管教理念，只想和你分享我在寫這個故事過程中的自省心得。在《石頭不見了》中，有我和女兒的影子，是不是也有你的？

　　這個故事，與其說是寫給孩子們看的，倒不如說是寫給我，和許多跟我一樣十分「自以為是」的父母看的。

李民安

兒童文學叢書

·童話小天地·

石頭不見了

李民安·文

翱　子·圖

三民書局

石頭不見了！

要開始講這件事以前，你一定要弄清楚：石頭並不是地上一顆顆的石頭，而是一個九歲小男孩的名字。你或許也可以猜出來，這個小孩姓「石」，而且他的性情，多多少少有一點像地上的石頭，很「硬」，他要做什麼，或不要做什麼，甚至要怎麼做，他都有自己的想法，沒有人能左右他，也沒有人能改變他。

　　石ㄕ頭ㄊㄡ的ㄉㄜ媽ㄇㄚ媽ㄇㄚ最ㄗㄨㄟ受ㄕㄡ不ㄅㄨ了ㄌㄜ石ㄕ頭ㄊㄡ的ㄉㄜ，也ㄧㄝ就ㄐㄧㄡ是ㄕ他ㄊㄚ
這ㄓㄜ˙種ㄓㄨㄥˇ脾ㄆㄧˊ氣ㄑㄧˋ，比ㄅㄧˇ方ㄈㄤ說ㄕㄨㄛ：他ㄊㄚ做ㄗㄨㄛ事ㄕˋ總ㄗㄨㄥˇ是ㄕ慢ㄇㄢˋ吞ㄊㄨㄣ吞ㄊㄨㄣ的ㄉㄜ，
要ㄧㄠˋ他ㄊㄚ換ㄏㄨㄢˋ件ㄐㄧㄢˋ睡ㄕㄨㄟˋ衣ㄧ吧ㄅㄚ˙，他ㄊㄚ進ㄐㄧㄣˋ房ㄈㄤˊ間ㄐㄧㄢ半ㄅㄢˋ天ㄊㄧㄢ以ㄧˇ後ㄏㄡˋ，
東ㄉㄨㄥ摸ㄇㄛ摸ㄇㄛ西ㄒㄧ搞ㄍㄠˇ搞ㄍㄠˇ，假ㄐㄧㄚˇ如ㄖㄨˊ他ㄊㄚ在ㄗㄞˋ拿ㄋㄚˊ睡ㄕㄨㄟˋ衣ㄧ的ㄉㄜ時ㄕˊ候ㄏㄡˋ
「不ㄅㄨ小ㄒㄧㄠˇ心ㄒㄧㄣ」看ㄎㄢˋ到ㄉㄠˋ積ㄐㄧ木ㄇㄨˋ的ㄉㄜ話ㄏㄨㄚˋ，一ㄧ定ㄉㄧㄥˋ就ㄐㄧㄡˋ會ㄏㄨㄟˋ「自ㄗˋ然ㄖㄢˊ
而ㄦˊ然ㄖㄢˊ」的ㄉㄜ拿ㄋㄚˊ起ㄑㄧˇ來ㄌㄞˊ玩ㄨㄢˊ，然ㄖㄢˊ後ㄏㄡˋ玩ㄨㄢˊ到ㄉㄠˋ忘ㄨㄤˋ記ㄐㄧˋ自ㄗˋ己ㄐㄧˇ原ㄩㄢˊ來ㄌㄞˊ
是ㄕˋ要ㄧㄠˋ換ㄏㄨㄢˋ睡ㄕㄨㄟˋ衣ㄧ睡ㄕㄨㄟˋ覺ㄐㄧㄠˋ的ㄉㄜ。

　　還ㄏㄞˊ有ㄧㄡˇ，石ㄕˊ頭ㄊㄡ做ㄗㄨㄛˋ事ㄕˋ，不ㄅㄨˋ管ㄍㄨㄢˇ是ㄕˋ吃ㄔ飯ㄈㄢˋ還ㄏㄞˊ是ㄕˋ做ㄗㄨㄛˋ功ㄍㄨㄥ課ㄎㄜˋ，
不ㄅㄨˋ但ㄉㄢˋ動ㄉㄨㄥˋ作ㄗㄨㄛˋ慢ㄇㄢˋ，而ㄦˊ且ㄑㄧㄝˇ做ㄗㄨㄛˋ著ㄓㄜ˙做ㄗㄨㄛˋ著ㄓㄜ˙就ㄐㄧㄡˋ會ㄏㄨㄟˋ發ㄈㄚ起ㄑㄧˇ呆ㄉㄞ來ㄌㄞˊ，
就ㄐㄧㄡˋ連ㄌㄧㄢˊ洗ㄒㄧˇ澡ㄗㄠˇ都ㄉㄡ會ㄏㄨㄟˋ洗ㄒㄧˇ到ㄉㄠˋ一ㄧ半ㄅㄢˋ在ㄗㄞˋ浴ㄩˋ缸ㄍㄤ裡ㄌㄧˇ打ㄉㄚˇ起ㄑㄧˇ盹ㄉㄨㄣˇ。

　　這種行為看在別人的眼中，或許會覺得好笑，
甚至看他那呆呆的模樣兒還挺可愛的。但是，
對石頭的媽媽來說，就只有兩個字，那就是——
「生氣」，除了「生氣」還是「生氣」！

　　「石頭，媽媽不能一天二十四小時的守著你，
不停的提醒你做該做的事，你已經九歲了，
又不是九個月大的小娃娃。」媽媽氣嘟嘟的說。
　　但是，當她看到石頭眨也不眨的眼睛，發現
他居然連「挨罵」都能發呆時，只有更生氣了。

而對石頭來說，他最受不了的，就是媽媽一天到晚沒完沒了的嘮叨。他不明白：為什麼房間亂一點，做事動作慢一點，東西吃得少一點，大人說話時應得遲一點，考數學的時候不小心錯得多了一點……有什麼大不了？幹嘛非要罵個不停？好像小孩子都是沒有知覺的「東西」，不會難過似的。

　　尤其令石頭心裡不舒服的是，他覺得學校的老師和來家裡玩的親戚朋友都常誇他聰明，他在學校裡的功課也不差，就只有自己的爸媽對他最不滿意，他們甚至對玲玲那個一天到晚就只知道哭和撒嬌的笨表妹都還常常誇兩句呢。

這個星期天早上，當石頭的媽媽發現，石頭居然只一會兒的工夫，又把剛剛才收拾整齊的房間，擺滿了一地橫七豎八的玩具、書本，和他忘記拿去洗的一套髒運動衣、兩隻髒襪子；更可惡的是還有一包拆開來吃了一半的餅乾也丟在地上。

13

　　又氣又累的石頭媽媽，就像火山一樣爆發了：
「石頭，你看看你又把房間弄得像垃圾堆，
你這個小孩子什麼時候才會長大？你為什麼
整天就只知道玩？早飯不好好吃，現在又要吃
餅乾，吃了還不算，居然把吃剩的食物就這麼
丟在地上，這是我幫你整理好的房間，現在
又是一團亂，你……你……你……真是
太過分了！」

　　媽媽又氣又累，她不明白，為什麼別人家的
小孩好像都很聽話、都很乖，只有自己的孩子
是個講不聽、教不會的「石頭」？

　　在走出石頭房間的時候，她忍不住在心裡說：
「我受不了了！」

15

15

石頭也因為一大早就被罵而生氣，他想不通，平常日子不能玩，放假也不能玩，那什麼時候才可以玩呢？人家隔壁菜頭放假好像都不必做功課，整天都可以在外面玩，而且菜頭的爸媽也都不罵人，每次去他們家玩，不管把他們客廳瘋成什麼樣，他們都不會講話，而且還笑咪咪的，好和氣哦。

　　就在石頭媽媽走出房間的這個時候，石頭也忍不住在心裡說：

　　「我受不了了！」

奇怪的事就在這一刻發生了，石頭發現房間裡的東西，像吹了氣的氣球開始變大、變大、變大……

　　不過，他很快就糾正了自己的想法，不是東西變大，而是他的身體一直在變小、變小、變小……

　　先是比書本小，然後比積木小，最後，他看到早上在地板上畫圖用的蠟筆，像一堆森林裡砍下的大樹幹似的擋在前面。

剛開始的時候，石頭還有一點害怕，但是當他一想到如此一來，自己等於在爸媽眼中消失了一般，馬上就高興起來。

　　石頭用新奇的眼光打量四周，這景象對他既熟悉又陌生。他熟悉所有的用具、玩具，但對它們的尺寸卻又感到非常陌生；他告訴自己：「我現在可以做任何我喜歡做的事，去任何我喜歡去的地方，都不必擔心被爸媽罵囉！」

　　但是，他馬上就被一種不知道從哪裡傳來的怪味道打斷了好心情。

　　「什麼東西這麼臭？聞了真教人想吐。」石頭忍不住捏著鼻子在四周打量，他自言自語的說：「不可能呀，我的房間裡怎麼會有這麼臭的東西呢？」

不過他很快就找到了答案，原來，臭味道是不遠處那隻像座小山的襪子「製造」出來的。

　　石頭這才想起，這雙襪子「好像」已穿了三四天了。前兩天，媽媽就提醒他要把換下來的髒襪子丟到洗衣機去洗，但是他不知道為什麼一直忘記，再加上懶得去開抽屜拿乾淨的穿，就這麼一穿再穿，結果穿出了這種怪味道。

　　「早知道會這麼臭，就該聽媽媽的話拿去洗了。」這可是頭一回他覺得媽媽「居然」還有點兒道理。不過他還是不明白，為什麼昨天穿在腳上的時候，並不覺得這麼臭啊！

　　石頭並不想花時間在臭氣衝鼻的環境中研究這個問題，他只想趕快離開這裡，到菜頭家去玩。

23

他小心的爬過橫七豎八的蠟筆，好不容易脫離了蠟筆圍成的「城牆」，又看見早上看了一半的漫畫攤在面前，擋在他和房門中間的必經之路。石頭記起數學老師說的「兩點之間直線最短」的原則，決定爬上《神奇寶貝》，從上面橫越過去。

石頭踩著由一頁又一頁的書搭成的樓梯往上爬，最後終於到了最高點平坦的地方。

24

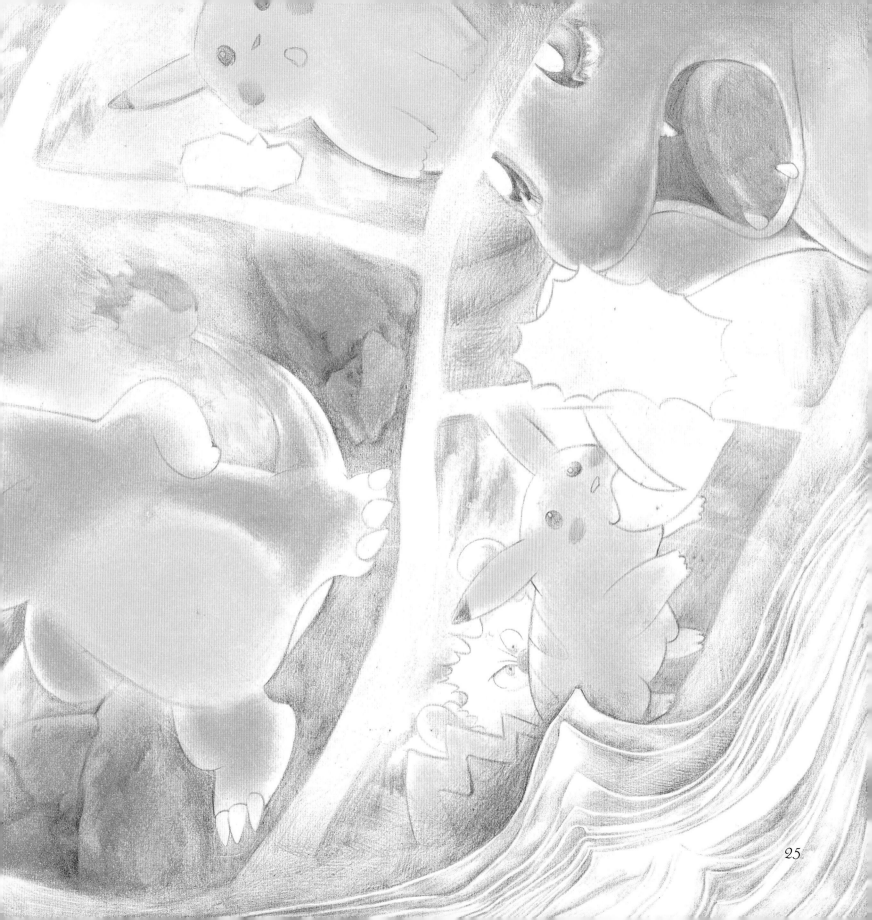

25

他還來不及喘口氣，卻看見擋在腳下這本《神奇寶貝》和房門間的還有：鉛筆一枝，橡皮擦兩塊，玩具兵三個，遙控飛機四架，樂高積木五塊，乒乓球、彈力球、小皮球共六個……

「哇！我怎麼會把房間搞得這麼亂？」石頭抓抓頭，想哭卻不好意思流眼淚，誰教這些麻煩全是他自己搞出來的呢？他不禁想：以後還是要保持房間整齊比較好。

突然，「碰！碰！碰！」地震了，他被震得跌倒。

「石頭！」

門開的時候帶起一陣狂風，要不是他死命抱住剛好黏在書頁上的一粒糖渣，就被吹走了。

「石頭，咦，奇怪，這孩子跑到哪兒去了？」

　　像巨人一樣的媽媽走過書本時，
石頭趁機抓住媽媽裙邊掉下的一根線，
一盪一盪的隨著媽媽離開這間危機
處處的房間。

「你看見石頭了嗎?」
媽媽問。

「剛才不是在房間嗎?」
爸爸的眼睛盯著報紙,
抬都沒抬的回答。

「唉,這會兒不曉得
跑到哪兒去了,我真拿他
沒辦法。」

　　媽媽一邊說,一邊在
沙發上坐了下來。

　　石頭正好利用這個
機會,順著沙發椅邊的
皺摺一階一階的溜下地
去。

31

石头正預備穿出門下的縫隙，到隔壁
菜頭家去實現他「生在別人家」的美夢時，
忽然聽見媽媽尖叫一聲：「有蟑螂！」

石頭還沒反應過來，就看見一隻咖啡色
像恐龍那麼大的蟑螂，朝著他快步奔來，
後面是穿著大拖鞋，快步追趕的爸爸；
一時間，地動山搖，石頭害怕得尖聲驚叫：
「老爸，救命哪！」

33

34

只可惜他太小了，喊破喉嚨也不會有人聽見。
他只好飛快的跑到桌腳，緊貼著桌腳站著，深怕被爸爸一個不小心踩扁了。

「啪！」爸爸舉起拖鞋，終於在茶几腳逮到蟑螂，把牠「殲滅」了。

「奇怪，我們家怎麼會有蟑螂？」爸爸問。

「還不是石頭，」媽媽搖著頭說:「他放學回來，喜歡在客廳邊吃零食邊看電視，餅乾屑掉得到處都是，有時候還帶回房間去吃，當然會惹來蟑螂、螞蟻這些東西囉。我猜他房間一定也有，搞不好還有個蟑螂窩也說不定呢。」

聽到最後一句，石頭不禁出了一身冷汗。平常不覺得這些小蟲有什麼了不起，但現在一想到牠們就像「酷斯拉」變種恐龍那樣可怕，就深深後悔平日真是太不愛乾淨了。只是，現在才後悔好像有點太遲了。

「還是趕快去菜頭家避難吧！」石頭想。

37

現在的石頭，可沒時間
發呆，因為一個不注意
就可能有危及生命的事情
發生，所以他必須全神貫注，
時時謹慎，步步小心。當然，
他更不能慢吞吞的，因為
平常走一步路的距離，現在
得快跑好幾十步才會到，
假如多發一會兒呆，
他搞不好連大門都出不去，
那就根本甭提什麼「脫離
苦海」的大計畫啦。

於是，他專心一意的快步
向前衝，並在心裡祈禱，
千萬別碰到什麼蟑螂、
蜘蛛、螞蟻才好。

　　不知跑了多久，他終於到達目的地，
氣喘噓噓的從菜頭家大門下的縫隙大搖大擺
走進去，才一進門就聽到菜頭媽媽在說：
「菜頭，數學做完就來吃點心，休息一下。」
他心想：「有沒有搞錯？菜頭星期天一大早
也要算數學？」

菜頭從房間出來：「媽，我不想吃點心，想去找石頭玩。」

　　「好啊，去別人家要有禮貌喔！不過，書桌收整齊了嗎？昨天王大中來玩，你們用毛巾搭的帳篷收好了嗎？你記得……」

　　「記得，記得，」菜頭沒等他媽媽講完就接著說：「不收好，下次就沒得玩！」

石頭聽著這話覺得好耳熟，
分明跟他媽媽說的一樣嘛，
難道全世界的媽媽都是
同一所學校訓練出來的嗎？
怎麼對待小孩的「招式」
全都一樣呢？

菜頭還沒來得及出門，
石頭的媽媽就來了：
「石頭在你們家玩嗎？」
「沒有啊，我正要去
找他呢。」
「發生什麼事了？」
菜頭媽媽一邊問，
一邊叫菜頭出去玩。
石頭本來想跟去，
但是一來跟不上，
二來再想一想，
還是待在房裡安全些。

突然，一大顆水珠從天而降，他馬上就像上次掉進水溝一樣，浸在一大灘有膝蓋那麼深的水裡，而且不停有巨大的水珠落在四周。

「老天，這是怎麼搞的？」石頭驚叫。

「石太太，妳別哭嘛，究竟怎麼回事？」

　　原來是媽媽的眼淚，石頭趕緊爬出媽媽的眼淚池，他知道媽媽有多能哭，假如動作慢一點，待會兒小水池就會成了大海啦。

　　石頭慌慌張張的穿出門，溼淋淋的他也不敢走遠，只是貼著牆壁坐在門外的角落。

石頭媽媽把早上發生的事一五一十的說給菜頭媽媽聽:「這孩子不知跑到哪裡去了？他早上沒吃多少東西，現在已經快中午了，他一定餓壞了。」媽媽一提醒，石頭才發現肚子在咕嚕咕嚕叫。

　　石頭的媽媽好擔心又好傷心唷，她一方面害怕石頭離家出走，會在外面碰到壞人；一方面又不停的對菜頭的媽媽說兒子平時有多麼討人喜歡，爸媽生日時石頭畫的卡片是多麼可愛，又多麼有創意。

　　「他平常動作雖慢，但是，聰明得不得了，什麼東西都是一學就會。我很少誇他，因為我覺得這些話學校老師說得已經夠多了，我怕他太驕傲，所以只在他的生活習慣上約束他，總是希望他能更好。但是，我可能錯了，石頭老覺得我愛挑他的毛病，從不誇獎他，他甚至懷疑我不愛他，有一次他還問我他是不是抱來的呢。他其實是很乖的孩子，可是，可是，我現在說這些都太遲了，嗚……石頭，我多希望……」

石頭不知道自己什麼時候也哭得一臉的鼻涕眼淚，可是心裡好溫暖唷，原來媽媽是這麼「假仙」，分明很疼自己，又故意要裝「酷」，不肯表現出來。

他現在也很想對媽媽說，他經過這次的遭遇，才知道她平常講的話，其實有些還是很有道理的，「媽媽，假如能從頭來過，我一定會把房間收乾淨，因為蟑螂好可怕；我也會愛乾淨，因為臭襪子的味道真的好難聞唷；我更不會慢吞吞……」石頭哭著說。

是啊，他會聽話，因為他到現在才百分之百的確定，媽媽是愛他的，可是，可是，他還會有這個機會嗎？

48

49

「嗚，嗚 …… 媽媽，我多希望 ……」
石頭把頭埋在膝蓋裡，放聲大哭，
反正他現在這個樣子也不會有人聽見，
而且可能永遠都不會有人發現他了。

51

「石頭，原來你在這裡。」

石頭抬起頭，奇怪，媽媽居然不再是巨人的模樣，她一把摟緊寶貝兒子。

「咦，你跑到哪裡去了，衣服怎麼是溼的？」

「還不是……」

石頭本想告訴媽媽，是被她的眼淚弄溼的，但想想，算了，她不會相信的。

那半天的奇遇，石頭沒對別人說過，
不過石頭倒有了個大發現，那就是：
每當媽媽指出他的過錯，他要是把她的話
當耳邊風，不誠心改過的話，他的身體
就會變小一點，非得等到他改正，又得到
媽媽的嘉獎，才會變回來。

所以石頭的媽媽發現石頭開始很注意
房間的清潔，開始愛乾淨，動作也快
很多……。

55

有一天，石頭陪媽媽去
買菜，他看到超級市場門口
貼了一張兒童走失的海報，
他忽然有了一個想法：
「我猜這些走失的小朋友，
有些可能還在自己家裡
某個不被人注意或
看見的角落，假如大人
不記得他們的好處，
不誇獎他們的話，
這些小朋友是不會被
找回來的，而且他們
可能也不會那麼想被
找回來呢。」

李民安

　　李民安是個興趣廣泛的妙人，她常「自謙」十八般武藝「只會」十七樣，至於還不會的是哪一樣？她說：「我得想想。」而深知女兒心性的母親，則一針見血的下斷語：「十八般武藝，她只會一樣，就是『膽大』。」

　　因為膽子大，所以敢講、敢寫、敢畫、敢唱……，然後多講、多寫、多畫、多唱的結果，技巧日益純熟，人家便稱讚她會講、會寫、會畫、會唱……。

　　她寫的東西也和她的興趣一樣廣泛，也因膽大而敢於在報導文學、幽默散文、親子關係，和小說間「遊走」。曾出版兒童文學作品《一道打球去》及《解剖大偵探——柯南・道爾 vs. 福爾摩斯》，並不定時在《國語日報》撰寫親子專欄。

翱　子

　　翱子出生於湖南一個叫淥口的小村子，現在在湖南大學教書。從小就喜歡畫畫的她，長大後念了美術學院，似乎是件理所當然的事。

　　她夢想有一天能用圖畫來結識許多新的朋友，尤其是小朋友，而在插圖裡，她找到了這樣一個世界，感覺自己又回到了童年。

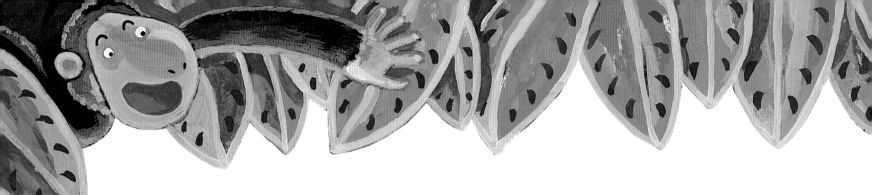

兒童文學叢書

童話小天地

榮獲新聞局第五屆圖畫故事類「小太陽獎」暨
第十八次中小學生優良課外讀物推介
文建會2000年「好書大家讀」活動推薦

- ◆ 丁伶郎
- ◆ 奇奇的磁鐵鞋
- ◆ 石頭不見了
- ◆ 智慧市的糊塗市民
- ◆ 屋頂上的祕密
- ◆ 九重葛笑了
- ◆ 奇妙的紫貝殼
- ◆ 銀毛與斑斑

- ◆ 大海的呼喚
- ◆ 小黑兔
- ◆ 大野狼阿公
- ◆ 細胞歷險記
- ◆ 無賴變王子
- ◆ 土撥鼠的春天
- 愛咪與愛米麗
- ◆ 「灰姑娘」鞋店

為孩子寫～ 彩色的夢

想 知 道

小黑兔為什麼想變白？

智慧市的市民有多麼糊塗呢？

愛咪與愛米麗之間發生了什麼事？

小虎鯨被小駝背鯨搶走了什麼？

屋頂上的花園裡有什麼祕密？

灰姑娘鞋店裡賣的是什麼鞋？

九重葛怎麼會笑？

答案都在「童話小天地」